Ulf Annel

Küstenwind küsst Wüstenkind

Schüttelreime

Mit fröhlichen Bildern von Katrin Kadelke

Für alle mit bunter Knete im Kopf

Impressum

Am Hang 27, 98693 Ilmenau
www.RhinoVerlag.de

Illustrationen: Katrin Kadelke
Layout, Satz: Katrin Kadelke
Schrift: Adobe Garamond Pro, HVD Bodedo
Titelgestaltung: Jana Rogge, mit Illustrationen von Katrin Kadelke
1. Auflage 2019
ISBN: 978-3-95560-074-7

Inhalt

Kleines Vorwörtchen

Das wird wirklich nur ein ganz kleines Vorwort. Weil ich ein ernstes Wörtchen mit allen reden muss, die alles zu ernst nehmen. Dabei ist Lachen doch gesund. Selbst das kleine Schwesterchen des Lachens – das Lächeln – hat Riesenkräfte. „Lachen und Lächeln sind Tor und Pforte, durch die viel Gutes in den Menschen hineinhuschen kann." Das schrieb der Dichter Christian Morgenstern, der den Deutschen und Deutschinnen oft nur als Nonsens-Dichter vorgestellt wird, was er wirklich nicht ist. Andererseits: Muss denn immer alles etwas bedeuten? Auch ein inhaltsleerer Spaß ist doch ein Spaß. Übrigens ist Nonsens nie sinnfrei, denn erstens steckt im Unsinn schon Sinn drin und zweitens ist es durchaus sinnvoll, zum Beispiel mit unseren Buchstaben zu spielen. Hat ja der Friedrich Schiller schon gesagt, dass der Mensch nur dort Mensch sei, wo er spielt.

Nun denn, spielen wir also: das Schüttelreim-Spiel. Zwei Zeilen, hinten zwei Reimwörter, aber aus dem Doppelreim wird erst ein Schüttelreim, wenn die Anfangsbuchstaben der Reimwörter ihre Plätze tauschen. Wenn das gelingt, ist es ein durchaus intelligenter Spaß. Als ich das erste Mal hörte „Ich geh jetzt in den Birkenwald, denn meine Pillen wirken bald", habe ich verblüfft gekichert. Und dann war ich angesteckt. Zeitweilig hatte ich sehr heftig – wie es innerfamiliär genannt wurde – lyrische Parkinson. Schütteln Sie mit. Es macht Spaß! Sauertöpfisches Kopfschütteln ist sinnlos.

Ihr Ulf Annel

Land in Sicht

Im Norden kommt in Hütten Leben,
wenn die dort einen Lütten heben.

Land in Sicht
Glitzernd lag der Sand im Licht,
da rief der Maat laut: Land in Sicht!

Nach Monaten sah Land er wieder,
da sang der Seemann Wanderlieder.

Kaputter Heckantrieb
Ist vermasselt Rotor,
dann rasselt Motor.

Als sie in Lee sungen,
blähten sich auf See Lungen.

Alle Matrosen auf die Brücke glotzen,
der Käptn will mit seinem Glücke protzen.

Der Lehrer auf die Kreide haut:
So schreibt man doch nicht Heidekraut!

Wo ich hin muss?
In „Min hus“.

Stachelrücken

Er kippte in den Sanddorn. Fusel-
voll – und hatte nur vorn Dusel.

Broiler-Grillstube

Offen stehn die Mäuler, braten
auf der Haut vom Broiler Maden.

Hinter dem Beet mit Stockrosen
wollt' er sie unterm Rock stoßen.

Tierflüsterer

Wo wir war'n, an welchem Weiher? Ratet.
Da, wo der graue Reiher watet.

Dieses Jahr ist Poppen rar,
es gibt kein neues Robbenpaar.

Entenwanderung
Man sieht fast nur die Schnäbel waten
durch ein Meer von Nebelschwaden.

Tierflüsterer
Er spricht mit dem Haubentaucher?
Nein, er ist ein Taubenhaucher.

Die Katze fand die Katerwand
natürlich an der Waterkant.

Schafkacke

Och, Hufer
am Hochufer!!

Mach, Löwe!
Schnapp dir die Lachmöwe!

Wenn die Fischerflotte spritzt,
hei, wie da die Sprotte flitzt.

Am Strand

Strandspiele
Was machen wir? Pampe
Auf Vaters Bier-Wampe.

Auch Frauen aus Gadebusch: Hinten
den Bikini vor'm Bade, husch, binden!

Am Strand
Noch nicht genug?
Nee, guck!

Strand mal voll Gekrösebatzen?
Danach muss man sich böse kratzen.

Wo ich meinen Pinsel öl?
Natürlich auf der Insel Poel.

Schick mir keine weiße Nelke,
wenn ich an der Neisse welke.

Statt Korn und Büste
lieber Born und Küste.

Leser
Er suchte am Gestade Buch
und fand es unterm Badetuch.

Wie?
Wenn Kurt kurt,
dann kurt Kurt.

Mit einem Jünger von de Sade buchen
und dein Glück im Ostsee-Bade suchen?

Wer will schon ins Land streben.
Es gibt doch frohes Strandleben.

Er trat in einen bunten Stein
und hatte noch nach Stunden Pein.

Wir springen von den Klippen heut',
natürlich in 'nem hippen Kleid.

Winters am Strand
Ich werde dich jetzt kostenfrei
einfach mal einfrosten, Kai.

Am Strand sich Frauen (schlanke) recken,
würd’ gern mal so ’ne Ranke schlecken.

Was ist eine Land-Streck-Türe?
Geschüttelt nur die Strandlektüre.

Zuerst sie an die Tonne sanken,
danach sah man sie Sonne tanken.

Mit Frauen kann man Diebe anlocken,
sie wollen im Hafen der Liebe andocken.

Er stand auf abgewrackte Leiber
und nicht so auf gelackte Weiber.

Was ich ganz außerordentlich fand:
Die Schönheit von Fischland.

Auch an der Küste

Wenn ich deine Leine küsste,
bekäme ich wohl keine Lüste.

Wen ich aus der Soße grüße?
Na, da drüb'n die, die große Süße.

Beim Töpfer

Nein, man kann Silikontitten
nicht mit Ton kitten.

Freistil

Günther Kisch fiel vom Fischkutter,
da wurde der Günther Kisch Futter.

Nicht faul ist der Paul. Krass,
er hat den Kraulpass!

Mehr rein als raus

Man kann über Schwund sinnen
beim Sundschwimmen.

Westlicher Badegast

Er badet gern. Ein Wasserspiel –
möglichst sehr viel „Spass“ er will.

Ostseewasser literweise
schluckten sie, war'n wieder leise.

Gekentert
Die Ruderer im Wasser, leer Vierer,
klar, sie waren die Verlierer.

Dem Taucher der Kamm schwillt,
wenn jemand seinen Schwamm killt.

Ich bin sowas von sauer. Aber ertrinken,
werd ich nicht oder in Trauer versinken.

17

Lokal Geschüttelt

Warnemünder?
Beschwipst fragt der Verkünder:
Müssen
wir schon wieder warme Münder
küssen?

Der Russe fragt: Sto Rock?
Nitschewo in Rostock.

Er machte in MeckPomm Kasse.
Er verkaufte Kompasse.

Erst sieht man den Vorpommer sicheln,
dann ordentlich im Sommer picheln.

In Ostvorpommern
Komm ich von den Esten, wirr
ich dann durch den Westen irr.

Bei ein'm Konzert in Uckermark
betrog man einst den Mugger arg.

= Feldberg = Stadt an der Feldberger Seenplatte

Wann macht der Pommer Sause?
In der Sommerpause.

Mecklenburgische Schweiz
Hoch den Berg, den steilen. Mein
Gipfelkreuz – ein Meilenstein.

Er fegte mit dem Besen Werg,
damals war's in Wesenberg.

Berliner Schleuser
Aus'm Container
kein Ton. Keener!

Be Bee
Sun-Bien'n
in Bansin.

Ohne Geld
Er kam klamm an
in Anklam.

Was sind denn das für Sitten, he!
Auf der Insel Hiddensee!?

Man holt sich auf dem Darß Mumm,
um zu sagen: Auf den Mars? Dumm!

= Greifswald = Universitäts- und Hansestadt

= Schaalsee = See an der Landesgrenze zu Schleswig Holstein

Auch wenn wir nach Bremen schaun,
sehn wir nachts so Schemen, braun!

Der Mörder harkte beide
unter die Erde in Bargteheide.

Raus fand der Kieler Furz,
stand noch da, dann fiel er kurz.

Das Schiff schlug in Bullerbü leck?
Nein, das war in Lübeck.

Es sang der Jägerchor: „Bumm!“
Alle erschraken auf Borkum.

Man sah ihn an der Ostsee beten
wegen ’n paar Peseten.

Im Winter jage ich Biber in Linz,
im Sommer bin ich lieber in Binz.

Gab es je in Bremen Not?
Hunger? Nein, die nehmen Brot.

Mallorca?
Wenn ich besoffen am Mast falle,
ist das fast Malle.

Nach dem Schwimmen

Badehose aus, sonst Nass-Sitz!
Verkühlung nicht nur in Sassnitz.

Alkoholtransport

Erst trank der Raser Wein,
fuhr dann ins Wasser rein.

Nicht die Post in Flaschen ruht,
geht sie weg bei der raschen Flut.

Es gibt frischen Rogen. Bayern
sieht man da im Bogen reihern.

Hoch war sein Pegel sehr,
als saß auf dem Segel Peer.

Erst sah man ihn wanken. Platsch!
Dann flog er von den Planken. Watsch!

Wer an sich Bier in Krügen rafft,
entzieht sich selbst auf Rügen Kraft.

Alkoholtransport
Nein, das ist kein Wahn,
das ist ein Wein-Kahn.

Es ist nicht wahr, dass auf kurzen Schiffen
die Fischer in Lendenschurzen kiffen.

Am guten Ruf leiern
und an Luv reihern.

Was auf der Schiffs-Reise stört?
Wenn es unterm Steiße röhrt.

Kulinarische Schüttler

Gibt's bei Mutter Beimer Schlei,
dann ist auch der Schleimer bei.

Morgen, Punkt acht Glasen, Hein,
gibt es endlich Hasenklein.

Bäckst du mit zuviel Butter Kuchen,
werd' ich zur Flucht 'nen Kutter buchen.

Was gibt's heute? Bote, rede!
Was soll's schon geben? Rote Bete.

"Ham and eggs", dann wird übel Kai,
da kotzt er in den Kübel Ei.

Einbuddeln

Kaputter Thüringer Kompass
Er wollte in den Norden. Viel
fehlte ihm nicht vor dem Nil.

Du Thüringer, ne Gischtwelle
hat dich voll erwischt, gelle!?

Einbuddeln
Mal sich zwei Suhler verbanden
zum Nebenbuhler-Versanden.

No-go-Tourismus
Deutsch und rein wolln sie ihr Land. Sehr
wahrscheinlich bleibt dann der Sand leer.

Plätzchen

Ich steh an ihrer Seite. Hand
in Hand backen wir Heidesand.

Sie buddelte in feinem Sand,
wo sie dann den seinen fand.

Nordostkonservativer

Was ich gegen die Grünen hab?
Sie buddeln mir mein Hühnengrab.

FKK und Sonne? Nein!
Das ist der Preis vom Nonnesein.

Erholung

Man kann sich was für seine Lüste kaufen.
Doch oft reicht: Einfach an der Küste laufen.

Aus dem Wasser kroch nasser
sie, der Anblick war noch krasser.

Umweltpolitik

Es sagten laut die Grünen, dass
zu wenig gäb's vom Dünengras.

Toter Reim

Es gab noch keinen Strandkorb,
als Immanuel Kant storb.

FKK

Du fragst mich doch eh nich': Wann?
Hauptsache, ich hab' wenig an.

Sie tut sich ihrer Nippel schämen,
du kannst sie leicht auf's Schippel nehmen.

Es schreit
sich die Christel dumm,
liegt sie 'ne Strand-Distel krumm.

Man sieht ihre Mösen, bücken
Frauen sich, das freut die bösen Mücken …

Er geht ran! Wenn's gelingt: Brust
an Brust liegen, das bringt Lust.

Wessi am FKK

Oh, nackt!?
No Akt!

Über die Dünen kamen
die kühnen Damen.

Barbaras BH

Er rief: He, Ba!
Hier ist dein BH!

Chinese

Chinese im Wasser

Unter ging mit lautem Gellen Wang.
Es war viel zu hoher Wellengang.

Der Japaner isst Seetang
und stimmt dann an den Tee-Sang.

An Lee Ring
ging über die Reling.

Chinese bei starkem Wind am Strand

Der kleine Li Ping
kriegt 'n Peeling.

Overdressed

De Sachsen schreiend stoben off,
da ging 'ne Frau mit oben Stoff.

Ein Sachse ist immer dabei

Ein Sachse fragt
Die Männer auf den Zeesenbooten
erzähln die die „beesen“ Zoten?

Undn an dem Kap, pardong,
gabs nur Wein im Pappkartong.

Sachse
Beim Rudern da im Ruderboot,
da wurde er ganz „buderrot“.

Junge Naggde! Stramm ohm*
off der Düne am Strom.

*sächsisches „oben“

Fischiger Geschmack

Es ging beim Hecht er schlafen,
das war ein schlechter Hafen.

Ich steche mit der Ahle mal
in's Wasser und dann: Male Aal!

Ja, das wär' 'ne heiße Nummer,
fänd man in der Neiße Hummer.

Fischiger Geschmack
Das Reh hing
neben dem Hering.

Komisches Fischefangen: Zingst,
wo du sie mit Zangen fingst.

Ich will nicht mit der Ollen schangeln,
lieber geh ich Schollen angeln.

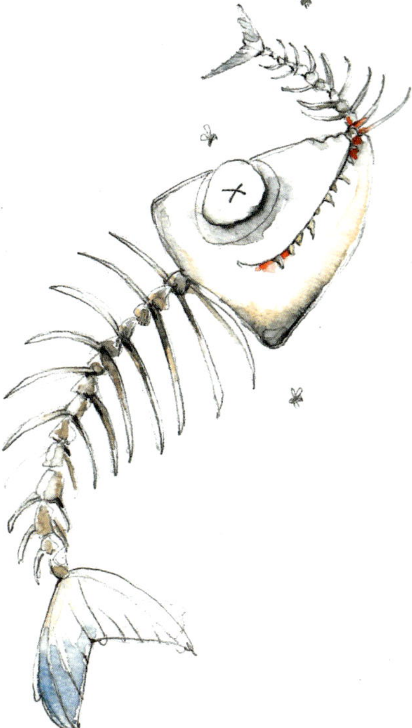

Aushilfskellnerrat
Ich würde heut' zu Flunder raten.
Das is' so e runder Fladen.

Warum ich mit ganzem Leib sing'?
Heute gibt es Saibling.

Wo Business-Gäste frisch tagen,
sieht man Kellner mittags Fisch tragen.

Räucherallergie
Was erst im Rauch bammelt,
mir dann im Bauch rammelt.

Quickie

Es machte hinterm Deich „Klick!“,
danach wurde sie gleich dick.

Paarung

Drück auf die Romantiktaste. Blüten
aufm Meer! Nee, Plastetüten.

Ich vibriere wie 'ne Steckdose,
wenn ich dich an Deck stoße.

Paarung
Sie lagen unterm Hullerbusch,
da verschwand sein Puller. Husch!

Erwischt im Klee. Beiden
riet man, sich zu bekleiden.

Bevor sich Muscheln küssen,
sie erst kuscheln müssen.

Weil ich Romantik gerne fing,
mein Blick weit in die Ferne ging.

Was damals in Vitte ging?
Vieles, weil ich Gitte fing.

Scheu hob er
sie auf den Heuschober.

Sie war an der Schlei baff –
es war nur ein Beischlaff.

Alter Reim
Wo sie ihr Linnen band?
Freilich im Binnenland.

Es hängt bei Frau Stern Bein
und Arm voll Bernstein.

Küstenwind

Steht auch steif der Kantenwind,
wir müssen in die Wanten, Kind!

Traurig schaut das Wüstenkind,
dann küsste es der Küstenwind …

Fegt weg sein bestes Teil ein Sturm,
steht nicht mehr fest und steil sein Turm.

Man sollte auch nach fünf Pint wissen,
was ist nicht klug? In den Wind pissen.

Am Strand ich hab gesonnt Zehen
und konnte den Horizont sehen.

Genmanipopelator

Er kreuzte ihn mit Klatschmohn,
da wurde es ein Matsch-Klon.

Keine Rekorde

Was das heut' für Weiten sind?
Na ja, wir haben Seitenwind.

Die Lady aus Wismar
'ne echte Miss war.

Auf Kreuzfahrt
Ich hab doch keine Meise, rangel
am Buffet. Das ist ein Reisemangel!

Warum er grad böser ist?
Weil dein Bad größer ist.

Damit ich nicht unterm Kiel steck,
schwimm ich weg im Freistil keck.

Wir brauchen mehr Fähren,
wer tut die vermähren?

Hä? Was?
Du kennst eine Backbordlist,
weil du nun ein Seelord bist?

Kafka in Graal-Müritz
Seinen letzten Sommer hat Franz gehustet,
danach war sein Leser Hans gefrustet.

Ringelnatz auf Hiddensee
Mit wem spielte Canasta ich?
Mit Asta nich'!

Intolerante
Was keinen wundert: Hasser
wollen kein Bild von Hundertwasser.

Nicht in die Ostsee!

Du ihn nicht gleich lynchen musst,
hat zum Pinkeln einer aus München Lust.

Wie viel ich in der Regel pisse?
Da kriegt jeder Pegel Risse!

An einer Sundeiche
verweile und seiche.

Bootsverbot

Er darf auf kein Boot,
hat er am Bein Kot.

Man sieht Landratten am Seezeichen
sich schwankend auf den Zeh seichen.

Über Bord

Er suchte einst ein Wasserklo.
Da gäb' es eins, first class. Er: Wo?

Falsche Richtung
Der Turm ist ja schon sturmumtost,
dass ihr mir nicht den Turm umstoßt!

Mental erwischt, Günther!
Ihn ereilte 's Gischt-Wunder.

Wenn Stürme selbst die Riffe schütteln,
wird's dich auch auf dem Schiffe rütteln.

Man wird nicht vom Pudern rank,
man muss schon auf die Ruderbank.

DLRG

Von wegen, Retter
kommen nicht bei Regenwetter.

Leider kein Schüttelreim

Oh, Kapitän, oh, Kapitän,
siehst du dort das Okapi stehn!?

Der Kapitän spricht:
Geh an meine Seite, Wicht,
dann hab ich wieder weite Sicht.

Musikerwette

Was ich mit unsrem Basser wette?
Dass er's nicht bringt im Wasserbette.

Fischkoppsprache

He seecht,
's wär' 'n Seehecht.

Misswahl

Am schönsten findet die Mehrheit
die fischschwänzige Meermaid.

Lesen auf der Luftmatratze

Harry Potter, vierter Band, sank
hinunter auf die Sandbank.

In dem grauen Geistermoor
singt der Geister Meisterchor.

Wenn er auf Grund liefe, 'n Toten
gäb's, der könnte Tiefen loten.

Hoch ragen die Bürgerwaden,
geht er mit dem Würger baden.

Fussball

Hansa Rostock?
Die Spieler ’ne müde Nummer kicken,
ein die Fans vor Kummer nicken.

Du kaufst in Riga Letten,
willst mit denen die Liga retten?

Beim Spiel von Holstein Kiel furios
der linke Verteidiger fiel kurios.

Piratenfußball
Feste bolz, Hein;
mit dem Holzbein!

Nicht lange mehr der Braten ruht,
gleich kommt die Piratenbrut.

Seekrankheit? Ja, Güte!
Kotz nicht in meine Kajüte!

Bluttat
Auf dass das Blut durch's Puder rinne,
wenn ich dich jetzt an's Ruder pinne.

Piratenspruch
Erlöse uns vom Bann, an Mord
fehlt's nicht, sind alle Mann an Bord

Als Auszeichnung für Badejahre
kriegte er ‘ne Jade-Bahre.

Zu guter Letzt

Ich gebe es allen am Strand kund: Hackt
nicht auf ihm rum, wenn mein Hund kackt.

Ich bin ein Hawai-Hasser,
denn dort ist Hai-Wasser.

Ob er da ganz sicher liegt,
dass er mit 'nem „Licher“ siegt?

Erst hatte der Herr Freise Lust,
doch dann schob er leise Frust.

Flucht durch die Pipeline

Los weg! Ras', Göre
flink durch die Gasröhre.

Nach dem Bade

Ja, es ist ein Wunder gar,
dass sauber mal der Gunther war.

Was machst du Depp nun?
Ich gehe jetzt zu Neptun.

Illustratorin und Autor

Katrin Kadelke und Ulf Annel stießen erstmals 2010 beim Kunstfest im Thüringischen Tiefthal (bei Erfurt) aufeinander, das heißt, Annel sah die witzigen Zeichnungen Kadelkes und war gleich begeistert. Die Begeisterung hielt sich (obwohl Katrin Kadelke zeitweise in Neuseeland wohnt) und es entstanden zwei gemeinsame Bücher mit Gedichten, die auch „Fäns und Fäninnen" von Heinz Erhardt, Ringelnatz und Morgenstern sehr erfreuten.

In den vergangenen Jahren zeichnete Katrin Kadelke für Ausstellungen in Europa und Neuseeland, entwarf und illustrierte u. a. Cover, Bühnenbild, Stadtmaskottchen und Wichtel für Erfurter Schittchen. Bunt und humorvoll platzieren sich die Motive entlang ihrer leichten Linie.

Ulf Annel gehört zum personellen Festbestand des Erfurter Kabaretts „Die Arche“, schreibt dort satirische Texte, die er auch selber spielt und die auch von anderen Kabaretts gespielt werden. Darüber hinaus ist er Buchautor und Collagenschnippler, Kabarettregisseur und ein wacher Mensch mit ständig neuen Ideen.

Die Rhino Westentaschen-Bibliothek

rühjahr 2019

RHINOVERLAG

KREUZ & QUER
GEDACHT
Ulf Annel
5,95 €
DIE PISA-STUDIE
MIT KARIKATUREN VON THOMAS TAUBER
RHINOVERLAG